Klonk
et la queue du Scorpion

Catalogage avant publication de Bibliothèque et Archives Canada
Gravel, François
Klonk et la queue du Scorpion
(Bilbo jeunesse; 89)
ISBN-10 : 2-7644-0044-6
ISBN-13 : 978-2-7644-0044-9
I. Titre. II. Collection.
PS8563.R388K54 2000   jC843'.54   C00-940025-7

PS9563.R388K54 2000
PZ23.G72K1 2000

 Conseil des Arts   Canada Council
du Canada   for the Arts

Nous reconnaissons l'aide financière du gouvernement du Canada
par l'entremise du Programme d'aide au développement de l'industrie
de l'édition (PADIÉ) pour nos activités d'édition.

Gouvernement du Québec – Programme de crédit d'impôt pour
l'édition de livres – Gestion SODEC.

Les Éditions Québec Amérique bénéficient du programme de
subvention globale du Conseil des Arts du Canada. Elles tiennent
également à remercier la SODEC pour son appui financier.

Québec Amérique
329, rue de la Commune Ouest, 3e étage
Montréal (Québec) Canada H2Y 2E1
Téléphone : 514 499-3000, Télécopieur : 514 499-3010

Dépôt légal : 1er trimestre 2000
Bibliothèque nationale du Québec
Bibliothèque nationale du Canada

Révision linguistique : Michèle Marineau
Montage : Andréa Joseph [PAGEXPRESS]
Réimpression : novembre 2006

Imprimé au Canada

Klonk
et la queue du Scorpion

FRANÇOIS GRAVEL

ILLUSTRATIONS : PIERRE PRATT

QUÉBEC AMÉRIQUE jeunesse

Du même auteur chez Québec Amérique

Jeunesse
Granulite, coll. Bilbo, 1992.
Guillaume, coll. Gulliver, 1995.
    • MENTION SPÉCIALE PRIX SAINT-EXUPÉRY (FRANCE)
Le Match des étoiles, coll. Gulliver, 1996.
Kate, quelque part, coll. Titan+, 1998.
Lola superstar, coll. Bilbo, 2004.

SÉRIE KLONK
Klonk, coll. Bilbo, 1993.
    • PRIX ALVINE-BÉLISLE
Lance et Klonk, coll. Bilbo, 1994.
Le Cercueil de Klonk, coll. Bilbo, 1995.
Un amour de Klonk, coll. Bilbo, 1995.
Le Cauchemar de Klonk, coll. Bilbo, 1997.
Klonk et le Beatle mouillé, coll. Bilbo, 1997.
Klonk et le treize noir, coll. Bilbo, 1999.
Klonk et la queue du Scorpion, coll. Bilbo, 2000.
Coca-Klonk, coll. Bilbo, 2001.
La Racine carrée de Klonk, coll. Bilbo, 2002.
Le Testament de Klonk, coll. Bilbo, 2003.
Klonk contre Klonk, coll. Bilbo, 2004.
    • PREMIÈRE POSITION PALMARÈS
     COMMUNICATION-JEUNESSE 2005-2006

SÉRIE SAUVAGE
La Piste sauvage, coll. Titan, 2002.
L'Araignée sauvage, coll. Titan, 2004.
Sekhmet, la déesse sauvage, coll. Titan, 2005.
Sacrilège, coll. Titan, 2006.
Les Horloges de M. Svonok, coll. Titan, 2007.

Adultes
Les Black Stones vous reviendront dans quelques instants,
    coll. Littérature d'Amérique, 1991.
Ostende, coll. Littérature d'Amérique, 1994.
    Coll. QA compact, 2002.
Miss Septembre, coll. Littérature d'Amérique, 1996.
Vingt et un tableaux (et quelques craies), coll. Littérature
    d'Amérique, 1998.
Fillion et frères, coll. Littérature d'Amérique, 2000.
    Coll. QA compact, 2003.
Je ne comprends pas tout, coll. Littérature d'Amérique, 2002.
Adieu, Betty Crocker, coll. Littérature d'Amérique, 2003.
Mélamine Blues, coll. Littérature d'Amérique, 2005.

CHAPITRE
UN

Depuis que Klonk et Karine avaient donné naissance à leurs jumeaux, nous n'avions pas souvent de leurs nouvelles, aussi nous faisions-nous une fête de les recevoir à souper, ce soir-là. J'avais fait cuire une selle d'agneau rôtie aux aromates, que je comptais servir sur un nid de riz sauvage. Comme dessert, Agathe, ma tendre épouse, avait préparé une mousse à l'érable. Nous n'avions pas oublié le brandy, dont Klonk est grand amateur, ni le salami hongrois, que nous pensions servir en entrée. Pour Klonk, un repas sans salami hongrois n'est pas un repas.

— Ça sent bon! a dit Félix en rentrant de l'université. Quand est-ce qu'on mange?

— C'est presque prêt, ai-je répondu en ajoutant le thym et la sarriette à la sauce. Klonk et Karine devraient arriver dans cinq minutes. Nous passerons à table aussitôt qu'ils seront là.

— Klonk et Karine? Dans cinq minutes? Dans ce cas, je vais prendre une petite collation, au cas où.

Je regardais mon fils fouiller dans le congélateur, à la recherche de pizzas pochettes, et je me disais qu'il avait malheureusement raison de douter de la ponctualité de Klonk. Mon ami est tellement imprévisible, tellement perdu dans ses pensées qu'il n'y avait pas une chance sur cent qu'il arrive vraiment à l'heure prévue.

À six heures pile, le couvert était mis et la selle d'agneau cuisait tranquillement dans le four.

Nous nous attardions aux derniers préparatifs, Agathe et moi, tandis que Félix engouffrait une deuxième pizza pochette pour s'ouvrir l'appétit.

— Il ne faut pas oublier que la route est longue de Québec à Montréal, a dit Agathe, comme pour les excuser d'avance. Peut-être qu'ils ont eu une crevaison, ou qu'ils ont été retardés par un bouchon...

À six heures trente, ils n'étaient toujours pas arrivés.

— Peut-être que leur gardienne leur a fait faux bond? a alors dit Agathe. Ça ne doit pas être facile de trouver quelqu'un qui veuille s'occuper de jumeaux, et surtout de ces jumeaux-là!

Agathe n'avait pas tort : Charlotte et Charlemagne, les enfants de Karine et de Klonk, ont à peine un an, mais ils sont capables de déplacer des objets à distance par la seule force de leur pensée. Que nos amis aient pu trouver une gardienne pour ces enfants-là tenait du miracle. Ils avaient pourtant trouvé la perle rare, semblait-il, en la personne de madame Lorrimer, une charmante vieille dame qui avait le don de calmer les jumeaux en leur chantant de jolies berceuses. Peut-être madame Lorrimer était-elle malade? C'est parfois fragile, les vieilles dames...

À sept heures, comme nos amis n'étaient toujours pas arrivés, Agathe leur trouvait une nouvelle excuse – elle était vraiment experte en excuses, ce jour-là :

— Peut-être que ton ami Klonk doit aider les policiers dans une nouvelle enquête? Ce ne serait pas la première fois que...

Agathe a été interrompue par la sonnerie du téléphone, sur lequel je me suis précipité. C'était Klonk, qui me téléphonait depuis Québec pour m'avertir qu'il

ne pourrait malheureusement pas venir. Cela ne m'a pas étonné outre mesure, mais jamais je n'aurais pu deviner le prétexte qu'il invoquerait!

— Qu'est-ce qui se passe? a demandé Agathe quand j'ai raccroché. Pourquoi fais-tu cette tête-là?

— Ils ne peuvent pas venir parce que madame Lorrimer leur a conseillé de ne pas voyager en automobile, ni en train, ni en avion.

— Et pourquoi cela? Elle craint une tempête de neige? Il me semble pourtant que la météo...

— Ce n'est pas une question de météo, non... La réponse se trouve plus haut dans le ciel.

— Plus haut dans le ciel? La couche d'ozone? Un satellite?

— Plus haut!

— Je donne ma langue au chat.

L'excuse de Klonk me semblait si incroyable, si inconcevable que je n'osais pas rapporter ses propos à Agathe. Il le fallait, pourtant. J'ai donc pris une grande respiration et j'ai répété mot pour mot ce que Klonk m'avait dit :

— Nous sommes aujourd'hui le 7 novembre, et Jupiter est en transit dans sa maison VI, ce qui fait que la journée est peu propice aux voyages. Demain, par contre, le Soleil sera dans le signe du Scorpion, et plus précisément à proximité de sa queue. Ce sera donc une journée idéale pour prendre la route.

Agathe était aussi abasourdie que moi.

— ... Klonk croit à l'astrologie? Comment un homme aussi intelligent peut-il prêter foi à de telles sornettes?

— C'est ce que nous saurons peut-être demain : je lui ai dit que je ne voyais aucun inconvénient à reporter le souper d'une journée. Nous aurons, en tout cas, un excellent sujet de conversation! À moins que son ascendant ne soit dans le signe du Poisson, évidemment : les poissons ne sont pas bavards, c'est bien connu!

Je m'efforçais de faire des blagues pour détendre l'atmosphère, mais j'étais furieux : me faire rater un souper à cause de prévisions astrologiques! Comment mon ami pouvait-il croire en de telles niaiseries? La queue du Scorpion, franchement!

Encore estomaqué, j'ai rangé la selle d'agneau au réfrigérateur, en espérant que le plat serait encore mangeable le lendemain. Comme je mourais de faim, j'ai goûté, pour la première fois de ma vie, à ces fameuses pizzas pochettes dont se gave mon fils : c'était presque aussi indigeste que le comportement de Klonk!

CHAPITRE
DEUX

Le lendemain matin, ma colère était complètement tombée. J'avais réfléchi à la question une partie de la nuit, et j'avais fini par me dire que Klonk m'avait sûrement fait marcher. Un motif sérieux l'avait sans doute empêché de venir, et il avait inventé n'importe quoi pour se justifier. Peut-être avait-il craint que notre conversation téléphonique ne soit interceptée? L'hypothèse me semblait fort plausible : Klonk, après tout, a de nombreux ennemis. C'était sûrement cela, oui : mon ami est peut-être bizarre, mais il n'est certainement pas crédule au point de croire que les astres déterminent nos caractères! Je connais Klonk depuis presque quarante ans, et jamais, au grand jamais, il n'a cru à l'influence des astres sur le destin des êtres humains.

Quand j'ai vu mes amis arriver enfin chez moi, à six heures pile, les bras couverts de fleurs et de cadeaux, je leur avais déjà tout pardonné.

Nous sommes bientôt passés à table – la viande était un peu dure, mais quand même convenable – et nous avons bavardé de choses et d'autres tout au long du repas. J'ai vite remarqué que Karine semblait parfois soucieuse, particulièrement lorsque Klonk parlait de madame Lorrimer, qui était, selon lui, une gardienne extraordinairement gentille, patiente et équilibrée, ce qui était bien normal puisqu'elle était née sous le signe de la Balance, comme lui...

— Ah non! me suis-je exclamé. Tu ne vas pas me faire croire que tu prêtes foi à ces balivernes! Si cette madame Lorrimer est une si bonne gardienne, ce n'est certainement pas à cause de son signe astrologique! Est-ce que les planètes lui viennent en aide pour changer les couches? Est-ce que la Lune influence la température des biberons?

— Je te trouve bien sceptique, mon cher Fred. Est-ce que tu ne m'as pas déjà vu déplacer des rondelles de hockey ou des billes de casino à distance, par la seule force de ma pensée? Est-ce que tu ne m'as pas déjà vu disparaître en lisant un livre? Il y a donc dans l'univers des forces obscures, inconnues...

— Peut-être, ai-je répondu, mais crois-tu sérieusement qu'une planète située à quelques millions de kilomètres de la Terre puisse influencer nos chances de gagner à la loterie? Crois-tu vraiment que les horoscopes qu'on publie dans les journaux soient autre chose que des attrape-nigauds?

— Je ne crois pas à l'astrologie, m'a répondu Klonk sur un ton très calme, et encore moins aux horoscopes. Et je ne crois pas non plus à l'influence des planètes, rassure-toi. Mais je pense que *certains* astrologues – j'ai bien dit *certains* – ont des pouvoirs spéciaux. Ils peuvent deviner, ou ressentir certaines choses, capter certaines ondes... Si tu rencontrais mademoiselle Lorrimer, tu serais troublé, toi aussi, crois-moi!

— *Mademoiselle* Lorrimer? Je croyais qu'il s'agissait de *madame* Lorrimer...

— Je te parle de mademoiselle Lorrimer, la fille de madame Lorrimer. C'est elle qui m'a tracé ma carte du ciel...

— Et c'est elle qui nous a fait rater notre souper?

— Elle avait sûrement de bonnes raisons. Mais, j'y pense,

pourquoi ne vas-tu pas la consulter? Je suis sûr que ça te fera changer d'idée à propos de l'astrologie, ou plutôt à propos des pouvoirs qu'ont certains astrologues.

— Pourquoi pas? ai-je répondu. Je n'ai rien à perdre!

En prononçant ces mots, j'ai cru voir Karine me faire un signe de la tête, comme pour me montrer qu'elle approuvait ma décision.

Klonk s'est ensuite levé pour aller à la salle de bains, et Karine en a profité pour me parler à voix basse :

— Si tu savais comme je suis soulagée que tu te mêles de cette histoire! Je ne sais pas pourquoi, mais cette madame Lorrimer ne m'inspire aucune confiance, et sa fille encore moins... Méfie-toi!

Klonk est alors revenu, et nous avons changé plusieurs fois de sujet, en évitant cependant de parler d'astrologie. Mais plus j'observais Karine, à la dérobée, plus je la trouvais soucieuse et lointaine. Klonk, pour sa part, me semblait plutôt bourru avec sa compagne, et cela m'attristait : je pensais que ces deux-là étaient tellement amoureux qu'ils vivaient toujours en parfaite harmonie. Ce soir-là, ils me semblaient brouillés, et même fâchés l'un contre l'autre. Si jamais cette mademoiselle Lorrimer y était pour quelque chose, elle verrait de quel bois je me chauffe : je n'aime pas qu'on fasse du mal à mes amis, et surtout pas à Klonk et à Karine.

CHAPITRE
TROIS

Deux jours plus tard, j'avais rendez-vous avec l'astrologue de Klonk. Avant de partir, j'ai ouvert le journal pour consulter mon horoscope, ce que je n'avais pas fait depuis des années. Quand j'ai lu ce qu'on y disait, j'ai compris que je n'avais rien raté d'important :

La journée vous est favorable côté travail. Si vous avez une discussion, évitez de vous entêter et tenez compte des arguments de votre interlocuteur. En matière d'argent, lisez attentivement tout contrat avant de signer. Côté santé, évitez les sensations fortes et ménagez votre cœur. Le sept est votre chiffre chanceux. En toutes choses, ayez l'esprit ouvert!

Quelles banalités! me suis-je dit en montant dans mon automobile. Comme s'il ne fallait pas *toujours* lire attentivement les contrats avant de les signer! Comme s'il ne fallait pas *toujours* tenir compte des arguments des autres! On ne risque pas de se tromper quand on dit de telles évidences! Ils doivent bien s'amuser, ceux qui rédigent ces rubriques!

J'ai roulé un bon moment en silence sur l'autoroute, puis j'ai décidé d'allumer la radio. Par une drôle de coïncidence, je suis tombé sur une animatrice qui lisait les horoscopes:

— *Il y a dans votre ciel une envie de voyage, une envie de fuir, un désir de connaître autre chose que ce que vous vivez quotidiennement. Votre chiffre chanceux est le huit. Méfiez-vous de vos intuitions.*

Gardez l'esprit ouvert et tournez à droite à la prochaine sortie.

La radio, mystérieusement, est alors tombée en panne. Quelle que soit la station, je n'entendais plus que de la friture. *«Tournez à droite à la prochaine sortie»*, avait dit l'animatrice, qui semblait confondre carte du ciel et carte routière. Le plus bizarre, c'était que je devais justement tourner à droite! J'espérais seulement que les automobilistes n'écoutaient pas tous cette station, sans quoi la route que j'emprunterais serait encombrée de conducteurs Gémeaux!

C'était sans doute une coïncidence. Il fallait *nécessairement* que ce soit une coïncidence. Ou peut-être est-ce que j'avais mal entendu? Il m'arrive d'avoir un peu trop d'imagination.

Je me suis alors arrêté sur le bord de la route pour consulter le plan que Klonk m'avait tracé.

Selon ce plan, mademoiselle Lorrimer habitait un petit village perdu, dans la région de Trois-Rivières. Un village tellement perdu qu'il n'était indiqué sur aucune de mes cartes. «Ne t'inquiète pas pour ça, avait dit Klonk. Tu vas voir que ça en vaut la peine.»

Pour me rendre à ce village, il me fallait emprunter des routes secondaires de plus en plus étroites et de moins en moins carrossables, et mon automobile, sans cesse secouée au passage des nids-de-poule et des dos-d'âne, émettait des grincements inquiétants. Je n'aimais pas du tout cette histoire dans laquelle Klonk m'avait entraîné, et je commençais à avoir de drôles d'impressions en jetant des coups d'œil au décor : il n'y a rien de plus triste que des champs en friche au mois de novembre, surtout quand le ciel est couvert de lourds nuages

gris, mais pourquoi fallait-il, en plus, que toutes les granges soient abandonnées et entourées de fils barbelés rouillés? Je n'avais jamais vu de paysage aussi sombre, aussi sinistre. Il n'y avait pas âme qui vive sur ces routes, ni de vaches ou de moutons dans les champs, ni même de chiens ou de chats. Il n'y avait aucun oiseau sur les fils de téléphone. Et ma radio qui était toujours en panne... Cela ne me semblait pas normal.

J'en étais encore à m'inquiéter lorsque je suis enfin parvenu au village que je cherchais, mais il n'y avait là rien pour me rassurer : les rues de ce village étaient désertes. Absolument désertes. Qu'il n'y ait aucun passant sur les trottoirs ne m'étonnait pas : qui donc aurait eu envie d'aller faire une promenade sous une pluie froide? Mais comment expliquer qu'il n'y ait aucune automobile, pas même dans les entrées? Et pourquoi les vitrines des magasins n'étaient-elles pas éclairées ? Pourquoi les enseignes lumineuses étaient-elles toutes éteintes ? Plus étrange encore, toutes les lumières de ce village se sont allumées au moment même où je me suis engagé dans la rue principale, comme si quelqu'un avait attendu que j'arrive pour actionner un commutateur géant.

Intrigué, j'ai regardé dans mon rétroviseur : les lumières s'éteignaient derrière moi !

Je n'ai pas eu le temps de me poser davantage de questions sur cet étrange phénomène. À la sortie du village, immédiatement après une longue courbe, j'ai enfin aperçu la maison de mademoiselle Lorrimer.

C'était une petite église protestante qui avait été transformée en maison. Une petite église toute blanche, pimpante, éclatante – la plus jolie petite église que j'aie jamais vue. Des rayons de soleil ont alors percé les nuages, comme par magie, et sont venus jeter une douce lumière sur ce décor de rêve : l'église était entourée d'une superbe pelouse et d'une multitude de fleurs multicolores.

J'ai ouvert la portière de mon automobile tout doucement, pour ne pas troubler le silence, et j'ai contemplé, émerveillé, cet étonnant paysage. Il y avait des dizaines d'arbres sur ce terrain, de magnifiques chênes sûrement plus que centenaires. Malgré leur grand âge, ils semblaient parfaitement vivants puisqu'ils étaient encore revêtus de toutes leurs feuilles, comme au cœur de l'été. Un peu déboussolé, j'ai jeté un coup d'œil à ma montre, qui indique aussi la date : nous étions le 10 novembre!

Un mince ruisseau coulait doucement entre les arbres, traversait un petit cimetière et allait se perdre au loin, dans la forêt. Des hirondelles, qui auraient pourtant dû migrer vers le sud depuis longtemps, voletaient au-dessus de ce ruisseau, et il m'a semblé apercevoir le bout de la queue d'un renard venu s'y abreuver. Tout cela était d'une beauté calme et harmonieuse. Un véritable paradis terrestre. Mais rien n'est parfait, hélas : dans le fond de l'air traînait une odeur nauséabonde, comme cela arrive malheureusement si souvent à la campagne.

Sur une boîte aux lettres presque entièrement couverte de lierre était joliment calligraphié le nom de la propriétaire : *Mademoiselle Lorrimer, astrologue.*

Si cette mademoiselle Lorrimer était aussi douée pour l'astrologie qu'elle semblait l'être pour la rénovation des vieilles églises, je n'étais pas au bout de mes surprises !

Les surprises, en effet, ne fai-
saient que commencer. L'intérieur de cette église était... il
était... Comment dire? Il était...

CHAPITRE
QUATRE

Il était tellement beau, magnifique, superbe, merveilleux, époustouflant, ahurissant, qu'aucun dictionnaire de synonymes ne contiendrait suffisamment d'adjectifs pour le décrire.

Il n'y avait pas de fenêtres dans cette église transformée en maison, mais d'immenses vitraux qui montaient jusqu'au plafond, qui était très haut. Si certains vitraux étaient richement colorés, d'autres étaient translucides, et presque transparents. J'aurais pu passer des heures et des heures à en admirer les motifs, mais il y avait tant de choses à voir que mes yeux ne savaient plus où donner de la tête, si je puis m'exprimer ainsi.

Il n'y avait pas non plus de murs ni de colonnes dans cette maison, mais une seule grande pièce, immense, dans laquelle tout n'était qu'harmonie. Des toiles et des dessins ornaient les murs, des plantes vertes grimpaient vers le ciel, heureuses comme dans leur jungle natale, et des fleurs semblaient s'épanouir sous mes yeux. Une cascade tombait du plafond jusque dans un petit bassin, et des oiseaux volaient partout en liberté, comme si toute la maison était une volière. On entendait en sourdine des airs de flûte et de harpe, et cette musique semblait provenir des fleurs et se mêler à leurs parfums.

Le seul détail qui venait rompre cet enchantement était, encore une fois, cette odeur âcre, sulfureuse, qui persistait malgré les parfums des fleurs et les bâtons d'encens que faisait brûler mademoiselle Lorrimer.

Ce qu'il y avait de plus beau dans cette magnifique demeure, c'était cependant sa propriétaire : mademoiselle Lorrimer n'était pas seulement belle, elle était... Elle était superbe, magnifique, ahurissante, merveilleuse, époustouflante. Jamais je n'avais vu des cheveux aussi blonds, des yeux aussi bleus, une taille aussi fine et des rondeurs aussi... aussi rondes, disons. Elle était plus belle que les plus belles étoiles du cinéma, et il suffisait de la regarder pour avoir envie de visiter avec elle toutes les constellations, jusqu'aux confins de l'univers, et même de croire à l'astrologie s'il le fallait.

En la voyant, j'ai tout de suite deviné ce qui s'était produit : Klonk était tombé sous le charme de cette belle astrologue, tout simplement, ce qui avait déclenché la jalousie de Karine...

— Assoyez-vous ici, monsieur Laurendeau...

(Comme je n'avais voulu lui laisser aucune chance d'enquêter sur mon compte, je lui avais donné un faux nom lorsque j'avais pris rendez-vous.)

— Vous êtes donc Gémeaux, ascendant Capricorne...

(Je lui avais cependant donné mon véritable signe. On ne sait jamais.)

Mademoiselle Lorrimer était assise en face de moi, derrière un bureau presque entièrement couvert de vieux grimoires et de papiers sur lesquels elle traçait, à la plume, des signes étranges. Elle semblait se livrer à de savants calculs à l'aide d'une règle et d'un compas, mais il lui arrivait aussi de pitonner sur le clavier de son ordinateur portable.

— Si vous saviez comme cela nous simplifie la vie! a-t-elle dit en regardant l'écran de son ordinateur. On appuie sur un

bouton, et on a une carte du ciel très détaillée... Vous avez le Soleil dans votre signe, et Mercure est en transit dans votre maison VII... Je vois, je vois... Il faut maintenant faire une translation des axes énergiques sur quelques degrés, et voici Saturne qui apparaît. Je me disais, aussi...

Elle s'est ensuite livrée à d'autres calculs tout en marmonnant des propos incompréhensibles, et j'avais donc le loisir de l'observer à ma guise. Mon Dieu qu'elle était belle! Plus je la regardais, plus j'étais subjugué par sa beauté. Plus j'étais intrigué, aussi. Elle parlait avec un drôle d'accent, un accent indéfinissable, comme si elle venait de Russie ou de Roumanie, et cela ne faisait qu'ajouter à son charme. Mais pourquoi une aussi merveilleuse jeune femme était-elle venue s'installer dans ce coin perdu, loin de la civilisation?

— Voilà, je suis prête, a-t-elle dit après avoir encore fouillé dans ses papiers. Je vois dans votre ciel des lettres, beaucoup de lettres, et aussi des mots, et du papier, beaucoup de papier, comme si vous étiez... un bibliothécaire... ou plutôt un écrivain... Un écrivain, oui, j'en suis presque sûre. Vous êtes né dans une famille nombreuse, à Montréal, et votre grand frère écoutait des disques d'Elvis Presley. Je vois aussi une épouse qui travaille dans un endroit renfermé, avec des chaînes et des barreaux... Il y a des hommes dangereux dans cet endroit... Une prison, sans doute... Votre épouse adore la réglisse, particulièrement la verte. Vous avez une fille qui aime les mathématiques et qui vit au bord de la mer, très loin, et un fils qui fait du dessin et qui a de drôles de goûts en matière de gastronomie... Vous ne vous appelez pas vraiment monsieur

Laurendeau... Il y a quelque chose de dur dans votre nom, quelque chose qui évoque les pierres, mais vous n'êtes pas un homme dur. Vous êtes doux, sensible, intelligent, perspicace, honnête et travailleur, attentionné et fidèle. Un peu naïf, cependant, et vous avez sans doute tendance à vous laisser entraîner par votre imagination... Vous obéissez trop facilement à vos amis, qui se révèlent souvent capricieux, voire tyranniques. Prenez vos distances! Vérifiez plus souvent la pression d'air de vos pneus d'auto, brossez-vous les dents chaque matin et méfiez-vous du ciel, monsieur, méfiez-vous du ciel, Dieu sait ce qui peut en tomber! Méfiez-vous de tout ce qui vole, et craignez par-dessus tout le chiffre onze! Ce chiffre vous a porté bonheur jusqu'à maintenant, mais il vous appor- tera de grands malheurs! Le onze est hypocrite, monsieur, il est malsain! Voilà, c'est tout. Vous me devez quatre-vingt-douze dollars, taxes comprises. J'accepte les chèques et les cartes de crédit.

Quatre-vingt-douze dollars! Je comprenais mieux, maintenant, comment mademoiselle Lorrimer avait pu s'offrir une aussi belle maison! J'ai payé, abasourdi, je suis sorti de cette merveilleuse demeure et j'ai repris la route, sans remarquer quoi que ce soit de bizarre dans le village, que j'ai traversé sans le regarder. J'étais encore sous le charme de ma belle astrologue, qui m'avait beaucoup impressionné. Comment avait-elle pu savoir que ma fille étudiait les mathématiques, que mon épouse travaillait dans une prison, et tout le reste?

Avant de m'engager sur l'autoroute, je me suis arrêté à une station-service, histoire de faire le plein d'essence. J'en ai profité pour vérifier la pression de mes pneus, au cas où... Mademoiselle Lorrimer avait raison! Deux des pneus manquaient d'air! Comment diable peut-on déduire, à partir de la course des planètes dans le ciel, que des pneus sont trop mous?

J'ai alors levé la tête et j'ai aperçu des oies sauvages qui volaient en formation en *V*. J'ai senti un frisson me parcourir le dos : mademoiselle Lorrimer ne m'avait-elle pas dit de me méfier de tout ce qui vole?

J'ai payé l'essence, je suis remonté dans mon automobile, j'ai tourné la clé de contact et j'ai sursauté une fois de plus : la radio, jusque-là muette, s'est remise à jouer à tue-tête une musique macabre.

J'avais beau me répéter que tout cela n'était qu'une série de coïncidences, je n'arrivais pas à me croire. Qu'est-ce que les planètes pouvaient bien me réserver?

CHAPITRE
CINQ

Comme je me méfiais de cette mademoiselle Lorrimer, j'avais enregistré notre conversation sur un petit magnétophone que j'avais glissé dans ma poche. Aussitôt arrivé à la maison, j'ai fait jouer l'enregistrement à Agathe.

— Étrange, a-t-elle dit. Vraiment étrange... Comment a-t-elle su que tu étais écrivain et que je travaillais dans une prison? Peut-être qu'elle a vu la plaque minéralogique de ton automobile et qu'elle a communiqué avec les ordinateurs de la police par Internet...

— J'y ai pensé, ai-je répondu, mais l'automobile était stationnée trop loin de sa maison pour qu'elle puisse apercevoir la plaque, qui était couverte de boue, de toute façon. Et même si elle l'avait vue, cela n'explique pas qu'elle ait su que mon grand frère aimait Elvis Presley et que notre fils a des goûts culinaires étranges! Pense aussi à ce qu'elle a dit sur mon caractère! Doux, sensible, perspicace, intelligent, honnête et travailleur... C'est tout à fait mon portrait, je trouve.

— N'a-t-elle pas ajouté que tu étais naïf?

— Elle ne peut quand même pas avoir *toujours* raison... Pourquoi est-ce que je devrais me méfier du chiffre onze, d'après toi? Le onze est hypocrite... Qu'est-ce que cela peut bien vouloir dire?

— Aucune idée... Mais tu ne vas pas commencer à croire à ces bêtises, mon cher Fred? Il doit y avoir une explication rationnelle... Peut-être qu'elle a lu tes livres, tout simplement? Ou que Klonk lui a parlé de toi?

— Pourquoi est-ce qu'il aurait fait ça?

— Je ne sais pas, moi... Quelque chose me dit que vous êtes en train de vous faire emberlificoter, Klonk et toi... Cette mademoiselle Lorrimer doit être une charmante jeune femme, j'imagine?

— Pas si jeune que ça... Et pas spécialement belle... Hum hum... Elle est... normale, je dirais... Hum hum...

— Pourquoi est-ce que tu tousses, tout à coup?

— Je dois avoir la gorge sèche, ou alors je couve une grippe... Mais j'ai une idée: pourquoi est-ce que tu n'irais pas la consulter à ton tour? Ça coûte un peu cher, c'est vrai, mais tu ne le regretteras pas, je te le garantis!

Agathe a accepté mon offre, et j'en étais bien heureux: j'ai toujours eu confiance en son jugement.

▲ ▲ ▲

Le lendemain matin, en me levant, j'ai eu un étrange pressentiment : nous étions le 11 novembre. Le 11 du onzième mois. En lisant mon journal, j'ai consulté mon horoscope. C'est idiot, je le sais, mais... Peut-être est-ce qu'il y a des forces obscures dans l'univers, après tout...

Vous vivrez des événements difficiles à comprendre, mais tout finira par s'expliquer. Ce serait une bonne idée de sortir et de vous aérer les esprits. Côté cœur, ce sera une bonne journée pour les rapprochements amoureux...

Intrigué, j'ai consulté l'horoscope d'Agathe :

... Vous aurez des émotions fortes pendant la journée, et vous mériterez de vous reposer, le soir

venu. La soirée sera sous le signe de l'amour...

— Peut-être que les horoscopes disent parfois la vérité, après tout, ai-je dit à Agathe, qui enfilait son manteau pour se rendre à son tour dans la région de Trois-Rivières afin de consulter mademoiselle Lorrimer.

— Je les ai lus, moi aussi, a-t-elle répondu en m'adressant un clin d'œil. À plus tard, mon amour !

« Voilà qui promet ! » me suis-je dit en m'installant devant mon ordinateur. Peut-être que le onze me porte chance, finalement...

À midi, comme j'avais bien travaillé, je me suis permis une petite promenade dans les rues de mon quartier, pour prendre l'air. En levant les yeux vers le ciel, j'ai aperçu un autre vol d'oies sauvages, qui traçaient dans le ciel non pas un *V*, mais plutôt un *W*. D'autres oiseaux,

qui semblaient vouloir les rejoindre, semblaient plutôt tracer un grand *K*... J'ai alors eu une drôle d'intuition : *Méfiez-vous de tout ce qui vole*, avait dit mademoiselle Lorrimer. *Et craignez le onze...*

Je me suis mis à compter sur le bout de mes doigts : la lettre *K* est la onzième lettre de l'alphabet. *K* comme Klonk. *K* comme Karine... Qu'est-ce que cela pouvait bien vouloir dire?

Je suis aussitôt rentré chez moi pour écouter, une fois de plus, l'enregistrement de mademoiselle Lorrimer : «Méfiez-vous de tout ce qui vole, et craignez par-dessus tout le chiffre onze! Ce chiffre vous a porté bonheur jusqu'à maintenant, mais il vous apportera de grands malheurs!» disait-elle en roulant longuement ses *r*.

Le ciel, les oiseaux, le chiffre onze, Klonk et Karine, dont les prénoms commencent par *K*...

Quelle étrange histoire! J'ai eu envie de téléphoner à Klonk, mais je me suis retenu : c'est vrai que j'ai tendance à obéir de façon aveugle à mon vieil ami, qui se montre souvent très capricieux. Parfois, il agit même comme un véritable dictateur... Mademoiselle Lorrimer avait sûrement raison lorsqu'elle me recommandait de prendre mes distances...

Dans l'après-midi, j'étais tellement préoccupé que je n'arrivais pas à travailler sur mon ordinateur. J'ai donc joué à Tetris et au solitaire jusqu'à ce qu'Agathe revienne enfin, au milieu de l'après-midi. Rien qu'à voir son air, je savais qu'elle avait vécu des événements extraordinaires. Elle d'habitude si calme semblait surexcitée : elle n'avait pas encore arrêté le moteur qu'elle me faisait de grands signes, à travers le pare-brise, en brandissant le magnétophone à bout de bras.

CHAPITRE
SIX

— Tu avais raison, cette mademoiselle Lorrimer est vraiment impressionnante... Écoute-moi ça!

Agathe n'a même pas pris le temps de retirer son manteau avant de déposer le magnétophone sur la table de la cuisine. Inutile de dire que je n'ai pas perdu un mot de ce que disait mademoiselle Lorrimer :

«*Vous êtes Lion ascendant Bélier, et Saturne est en transit dans votre maison VIII... Cette combinaison du zodiaque vous confère un tempérament bien caractérisé, où on retrouve force et détermination, courage et ténacité, de même que de la perspicacité et une grande intelligence des gens qui vous entourent. Vous avez aussi de solides dons artistiques et beaucoup d'habileté dans vos relations avec les autres. Votre voix et votre regard sont vos grandes forces, et vous les utilisez pour calmer certains individus anormalement agités...»*

— C'est quand même extraordinaire, non? a dit Agathe en arrêtant l'enregistrement. Jamais je n'ai entendu de description aussi juste de ma personnalité.

— C'est vrai, ai-je répondu, mais... Mais il y a quelque chose d'étrange dans cet enregistrement : je ne reconnais pas mademoiselle Lorrimer. Il me semble qu'elle n'a pas la même voix ni le même accent...

— Ça m'a frappée, moi aussi, a dit Agathe. Mais ces petits magnétophones ne sont pas très fidèles, comme tu le sais... Peu importe, écoute bien ce qui suit :

«*Vous avez une santé remarquable, à l'exception de vos ongles, qui sont un peu cassants, et de vos cheveux, qui ont tendance à se dédoubler. Vous devriez manger du Jell-o. Si vous avez en général bon caractère, il vous arrive aussi d'être un peu trop autoritaire. Vous faites parfois semblant de consulter vos proches, mais vous n'écoutez pas vraiment leurs réponses...*»

Agathe a arrêté l'enregistrement, une fois de plus :

— Trouves-tu que je suis autoritaire ?

— Moi ? Je...

— C'est bien ce que je pensais. Elle ne peut quand même pas avoir toujours raison, comme tu le disais si bien toi-même... Mais continuons. C'est à partir de maintenant que ça devient vraiment intéressant :

«*Vous êtes fille unique et vous aimiez beaucoup votre père, qui était un homme de lettres. Votre mère était une très habile cuisi-nière, particulièrement pour les desserts. Votre mari est très gentil et un peu naïf, votre fille est douée pour les mathématiques et votre fils mange n'importe quoi. Vous habitez à Montréal, et la toiture de votre maison est noire. Vous aimez beaucoup aller nager à la piscine, mais vous n'aimez pas vous baigner dans les lacs, à cause des sangsues...»*

— C'est quand même stupé-fiant, non? a encore dit Agathe, qui avait une fois de plus stoppé l'enregistrement.

— Je suis désolé, mais je ne partage pas ton enthousiasme, cette fois-ci, ai-je répondu. Je ne connais pas beaucoup de femmes qui aiment les sangsues, et notre astrologue ne courait pas de grands risques en affirmant que la toiture de notre maison est noire! Elle aurait pu dire que la clé est en métal, tant qu'à faire, ou que les vitres sont transparentes!

— Mais comment a-t-elle fait pour savoir que j'étais fille unique et que ma mère était une bonne cuisinière? Tu ne diras pas le contraire, toi qui adores son gâteau renversé aux ananas!

— Mais ton père n'était pas un homme de lettres, il était comptable!

— C'est vrai, mais il a été facteur avant de devenir comptable... Cette mademoiselle Lorrimer est vraiment extraordinaire! Et ce n'est pas tout!

«*Méfiez-vous du chiffre deux, particulièrement s'il surgit du passé de votre mari, et méfiez-vous aussi du chiffre onze... Il y a d'ailleurs deux fois le chiffre un, dans onze... Méfiez-vous de tout ce qui se dédouble, et craignez par-dessus tout certaines femmes que vous croyez pouvoir compter parmi vos amies, mais qui peuvent devenir vos rivales... Voilà, c'est tout. Ça fait quatre-vingts dollars, taxes comprises. J'ac-cepte les chèques...»*

— Quatre-vingts dollars! Ce n'est pas juste!

— C'est vrai, a répondu Agathe, mais il y a autre chose de bien plus important. Crois-tu qu'on devrait se méfier de Klonk et de Karine? Deux prénoms qui commencent par la lettre *K*, et ils ont des jumeaux... Crois-tu que Karine pourrait devenir ma rivale? Qu'est-ce que tout cela peut bien vouloir dire? Et il y a autre chose qui me chicote, dans toute cette histoire...

Agathe a alors regardé ses ongles, comme elle le fait parfois quand elle veut me parler d'un sujet délicat et qu'elle est un peu gênée.

— Quoi donc?

— C'est vrai que mes ongles sont cassants, mais... Mais je pense que tu devrais aller consulter un optométriste, mon ami.

Ou peut-être même... un psychologue...

— Un psychologue? Pour quoi
faire?

— Parce que je crois que tu
as vraiment trop d'imagination,
voilà pourquoi! J'ai suivi ton
plan à la lettre, mais je n'ai rien
vu de ce que tu m'as décrit! Je
n'ai pas vu de champs en friche ni
de granges abandonnées et encore moins de fils barbelés, mais
des forêts, seulement des forêts.
Et où es-tu aller chercher qu'elle
habitait dans une église protestante rénovée? Sa maison est en
briques rouges! Et il n'y avait pas
non plus de ruisseau, ni de fleurs
multicolores ou de chênes centenaires! Pour les odeurs, cependant, tu avais parfaitement
raison : plus j'approchais de chez
elle, plus je craignais qu'elle
n'habite dans une porcherie...
Mais je comprends que tu aies
toussoté quand tu m'as décrit
mademoiselle Lorrimer... Pauvre

fille, ça ne doit pas être drôle d'être aussi... disgracieuse! Je n'ai jamais vu un physique aussi ingrat. Elle devrait sérieusement envisager la chirurgie esthétique...

Je n'avais pas eu le temps de me remettre de ma surprise que j'en avais une autre, encore plus grande. Quelqu'un sonnait à la porte, et ce quelqu'un était ou bien très pressé, ou bien singulièrement désagréable : en plus de garder la sonnette enfoncée, il frappait dans la porte à grands coups de pied et de poing.

À peine avais-je ouvert la porte que Klonk me sautait à la gorge :

— Je vais t'étrangler, espèce de séducteur! Comment oses-tu faire ça à ton meilleur ami?

Non seulement je ne savais pas de quoi il m'accusait, mais je ne pouvais même pas lui répondre. Ses doigts me serraient le cou si fort que je ne voyais plus que du brouillard et que je sentais mes jambes se dérober sous mon poids. Je n'entendais plus que sa voix, de plus en plus lointaine, comme si elle provenait déjà d'un autre monde :

— Je vais t'étrangler, espèce de scribouilleur !

Heureusement qu'Agathe est intervenue, sinon je ne serais pas là pour vous raconter la suite de l'histoire. Quelle horrible fin, quand on y pense : mourir étranglé par son meilleur ami ! Heureusement que la vie a parfois de l'imagination, et qu'elle sait nous sortir des pires impasses !

CHAPITRE
SEPT

— Je vais t'étrangler, espèce de traître! répétait Klonk en resserrant les doigts sur mon cou.

Plus je sentais le contact froid de sa main artificielle sur ma carotide, plus je voyais tourner des étoiles autour de ma tête. Et ces étoiles-là me traçaient un bien mauvais horoscope!

— Calme-toi, Klonk, calme-toi, disait une autre voix, elle aussi venue de très loin.

C'était la voix d'Agathe, qui essayait de calmer Klonk. Mais était-ce la bonne solution? Klonk était si furieux qu'il n'entendait sûrement rien de ce qu'on lui disait. Va plutôt chercher un marteau, Agathe, ou bien un rouleau à pâtisserie, ou une clé anglaise, ou n'importe quoi, mais ne perds pas ton temps à lui parler! Assomme-le, nous discuterons après!

— Calme-toi, Klonk, calme-toi, disait la voix d'Agathe, de plus en plus insistante.

Je commençais à sentir que Klonk relâchait son étreinte. La pression diminuait sur mon cou, et je pouvais enfin recommencer à respirer.

— Calme-toi, Klonk, calme-toi, enlève tes mains, Klonk, desserre tes doigts, voilà... Calme-toi, Klonk, calme-toi...

Agathe a continué à répéter les mêmes mots, de plus en plus doucement, jusqu'à ce que Klonk laisse enfin tomber les bras. De crainte de le provoquer, je n'osais pas bouger et je me contentais d'écouter les paroles d'Agathe, qui me calmaient, moi aussi. Je savais depuis longtemps que mon épouse était spécialiste du

contrôle des émeutes dans les prisons, mais je ne l'avais jamais vue à l'œuvre. Je comprenais mieux, maintenant, comment elle procédait : elle répétait toujours les mêmes mots, sur un ton très doux et très ferme à la fois, et on aurait dit que ces mots allaient se loger directement dans le cerveau de Klonk et maîtrisaient sa volonté. J'étais très impressionné : Agathe prenait le contrôle du cerveau de Klonk, ce cerveau dont il était si fier!

J'ai inspiré profondément à quelques reprises – mon Dieu que c'était bon de sentir de l'air dans mes poumons! – tandis que Klonk, hébété, allait s'affaler sur une chaise de la cuisine. Je l'ai vu se détendre lentement jusqu'à ce que son visage, qui était tout rouge et crispé, reprenne ses couleurs normales.

Agathe nous a alors servi une tisane, et nous avons enfin pu nous parler calmement.

— Dis-moi la vérité, Fred, a dit Klonk d'une voix encore frémissante. Pourquoi veux-tu séduire Karine? Pourquoi veux-tu tromper ton épouse et trahir ton meilleur ami?

Il avait beau s'être calmé, ses yeux jetaient encore des éclairs. J'ai essayé de répondre sur un ton détendu, pour ne pas le provoquer. Il n'y a rien de pire qu'un mari jaloux, et je n'avais pas la moindre envie qu'il me saute à la gorge de nouveau!

— Écoute, Klonk, je te jure que jamais, au grand jamais, je n'ai pensé à séduire Karine. Je suis très heureux avec Agathe, et...

— Mademoiselle Lorrimer a été claire, pourtant! a dit Klonk sans attendre la fin de ma phrase. *«Vous avez un vieil ami qui écrit des livres,* m'a-t-elle dit, *un vieil ami qui veut vous voler ce que vous avez de plus précieux...»* Et mademoiselle Lorrimer m'a toujours dit la vérité, toujours!

— Écoute, Klonk, je te jure sur la tête d'Agathe et sur celles de mes deux enfants, je te jure sur la tête de notre vieille amitié, je te jure sur tout ce que tu voudras que je n'ai jamais...

— Je ne te crois pas! Mademoiselle Lorrimer ne s'est jamais trompée, jamais! Lorsqu'elle me décrivait, j'avais l'impression qu'elle me connaissait mieux que je ne me connais moi-même! Elle savait que j'aimais les échecs et le salami hongrois, le *Concerto numéro dix-huit en ré majeur* de Kurt Smitzklyvensky et les biscuits feuille d'érable! Elle disait que j'étais un esprit supérieur, et que j'étais supérieurement habile, persévérant, inventif...

— Excuse-moi de t'interrompre, a dit Agathe, mais pourrais-tu nous décrire la maison de mademoiselle Lorrimer?

— ... Décrire sa maison? Pour quoi faire?

J'ai aussitôt compris ce qu'Agathe avait en tête et j'ai pressé Klonk, à mon tour, de nous décrire cette maison.

— Et décris-nous aussi mademoiselle Lorrimer, ai-je ajouté.

— Je ne vois pas ce que ça change, a dit Klonk en se grattant la tête, mais puisque vous y tenez... Mademoiselle Lorrimer est une jeune femme plutôt petite et boulotte, ses cheveux sont roux, très courts... Elle habite une roulotte, à la sortie du village...

— Une roulotte? ai-je dit. Tu es sûr?

— Absolument sûr, oui. Une maison assez banale, en bordure de la route. Elle est recouverte d'aluminium, comme toutes les roulottes. Je me demande pourquoi elle s'est installée là, d'ailleurs...

— Est-ce qu'il y avait une odeur particulière autour de sa maison? a demandé Agathe.

— C'est ce que j'allais dire : je ne sais pas ce que les agriculteurs utilisent comme engrais dans ces coins-là, mais ça sent très mauvais. Une odeur de soufre, je dirais...

Nous nous sommes regardés en hochant la tête, Agathe et moi : nous avions tout compris. Klonk, lui, était encore dans le brouillard. Mais quand nous lui avons expliqué que mademoiselle Lorrimer était blonde *et* rousse, belle *et* laide, grande *et* petite, qu'elle habitait dans une église *et* dans une maison de brique *et* dans une roulotte, mais qu'il y avait toujours une odeur de soufre autour d'elle, il a tout compris, à son tour :

— Morley! Morley est revenu! C'est lui qui...

— Il faut y aller, vite, et sans prendre rendez-vous, cette fois-ci! ai-je dit.

— Tu as raison, a dit Agathe. Nous continuerons la conversation dans la voiture !

Deux minutes plus tard, nous roulions sur l'autoroute, en direction de Trois-Rivières.

CHAPITRE
HUIT

Morley, le maître des illusions, est le pire ennemi qui se puisse imaginer : non seulement est-il capable de se transformer en monstre hideux ou en beauté fatale, mais il peut se dédoubler autant de fois qu'il le veut. Arrive-t-il vraiment à se métamorphoser ou est-il simplement le roi de l'hypnose, personne ne le sait. En plus de se métamorphoser, il a le pouvoir de créer des cauchemars en trois dimensions qui semblent souvent plus réels que la réalité. Et ce Morley est depuis toujours amoureux de Karine. Amoureux fou. Tragiquement, désespérément fou. Fou au point de se transformer en armée d'insectes géants et de poursuivre son amour sur les cinq continents, et désespéré au point de risquer de se noyer dans ses propres larmes.

— Qui aurait cru qu'il se serait transformé en vieille gardienne et en séduisante astrologue pour arriver à ses fins? a dit Klonk, qui était assis sur la banquette arrière de notre automobile. Cette fois-ci, il a bien failli y parvenir. Je suis allé trois fois chez cette mademoiselle Lorrimer, et chaque fois elle me faisait avaler quelques gouttes de son poison. Tout ce qu'elle disait n'avait qu'un seul but : me faire douter de Karine. Comment ai-je pu m'y laisser prendre? Comment ai-je pu tomber dans un piège aussi grossier?

— Il faut croire que Morley connaît ton point faible, a dit Agathe, qui conduisait l'automobile.

— Mon point faible? Est-ce que j'ai un point faible, moi?

— Tu es jaloux, mon pauvre Klonk!

— Jaloux, moi? Moi, jaloux? Elle est bien bonne, celle-là! Moi, Klonk, je serais jaloux!

— Hum hum! ai-je toussoté en me tournant vers lui.

— Hum hum! a ajouté Agathe, comme en écho.

— Oui, bon, d'accord, vous avez raison : peut-être que je suis un peu jaloux, parfois... Mais tout ça, c'est la faute de cette mademoiselle Lorrimer, ou plutôt de ce Morley de malheur... C'est lui qui a jeté le trouble dans mon esprit supérieur, habituellement si calme, si serein... Faut-il qu'il soit diabolique pour avoir ainsi réussi à me duper!... Temporairement, bien sûr. Heureusement que j'ai compris à temps ce qui m'arrivait...

— Hum hum!

Cette fois-là, nous avons toussoté à l'unisson, Agathe et moi.

— ... Avec votre aide, bien sûr, a aussitôt complété Klonk. J'étais sur le point d'arriver aux mêmes conclusions, moi aussi, et j'y réfléchissais justement tandis que je t'étranglais... Mon Dieu, faut-il que ce Morley soit retors! Un peu plus, et j'étranglais mon meilleur ami! Ç'aurait été épouvantable, d'autant plus que cet ami est mon biographe!

— Ce n'est pas ta faute, ai-je répondu à Klonk pour le consoler. Morley réussirait à faire perdre la raison à n'importe qui. Sa mademoiselle Lorrimer était si convaincante que j'ai bien failli la croire, moi aussi... Je ne la croyais pas *vraiment*, évidemment : j'ai toujours eu un doute...

J'ai alors senti le regard d'Agathe se poser sur moi, et je me suis arrêté avant qu'elle se mette à toussoter. Au lieu de cela, elle a tenu des propos qui m'auraient sûrement fait tomber à la renverse si je n'avais pas été confortablement assis :

— Pauvre Morley, quand même! a-t-elle dit. Quelle triste histoire que la sienne!

Je me suis tourné vers elle, incrédule :

— J'avoue que j'ai du mal à te comprendre, Agathe. Morley a failli rendre Klonk fou de jalousie, fou au point de vouloir m'étrangler, et toi, tu le plains!

— Oui, je le plains! Le pauvre homme a toujours été amoureux de Karine, mais il n'a jamais rien reçu en retour. C'est pour cela qu'il s'est enfoncé dans son malheur. Ce Morley a beau être hideux, fou furieux et malodorant, il a un je-ne-sais-quoi d'attachant... Peut-être est-il très sensible, au fond...

J'étais estomaqué : je savais depuis toujours qu'Agathe aimait les belles histoires d'amour romantiques, mais de là à trouver que Morley était *attachant*, il y avait une marge! Attachant, Morley? Je l'imaginais plutôt *attaché* avec des chaînes, au fond d'un cachot!

J'aurais bien aimé en discuter plus longtemps avec Agathe, mais nous avions d'autres chats à fouetter : nous étions arrivés chez mademoiselle Lorrimer, ou plutôt chez Morley. Ou plutôt dans la pire soue à cochons que j'aie jamais vue.

Le terrain qui entourait la maison était jonché de déchets : des carcasses d'automobiles défoncées et rongées par la rouille, des téléviseurs brisés, des pneus à moitié calcinés, des sacs verts éventrés, de vieux vêtements qui avaient longtemps macéré dans la boue, des bouteilles vides, des boîtes de carton pourries... Comment Morley avait-il réussi à me faire croire qu'il y avait là un ruisseau, des fleurs multicolores et des arbres centenaires?

Et comment avait-il réussi à transformer l'horrible bicoque que j'avais devant les yeux en une église joliment restaurée? C'était une maison branlante qui avait peut-être été blanche, il y a très longtemps, mais qui était maintenant toute grise, et dont la moitié des planches étaient soit manquantes, soit pourries. Presque toutes les vitres étaient brisées et avaient été remplacées par des panneaux de bois ou de simples morceaux de carton. La cheminée, ou plutôt ce qui en restait, était en si mauvais état qu'on voyait de la fumée sortir de partout, sauf de son extrémité!

Nous nous sommes approchés de la maison tout doucement, de crainte de nous blesser sur les morceaux de verre et les clous rouillés, et en nous bouchant le nez : il émanait de tous ces déchets une odeur pestilentielle.

Nous sommes montés sur le balcon, qui a failli céder sous nos pieds, et nous avons jeté un coup d'œil à l'intérieur, à travers une vitre que la saleté avait rendue presque opaque. Et ce que nous avons vu nous a scié les jambes : Morley était assis sur une chaise de bois, et ses mains cachaient son visage. Tout ce qu'on pouvait apercevoir, c'était son crâne chauve et cabossé, et ses épaules qui se soulevaient, comme secouées par des sanglots. En face de lui se trouvait Karine. Karine, qui lui caressait la tête comme pour le consoler!

— Calme-toi, Klonk, calme-toi, a murmuré Agathe tout en ouvrant doucement la porte. Attends de comprendre ce qui se passe avant d'étrangler quelqu'un!

CHAPITRE
NEUF

— Entrez, a murmuré Karine lorsqu'elle nous a aperçus. Asseyez-vous...

Nous nous sommes approchés lentement et nous nous sommes assis autour de la table, cette table qui était toute mouillée des larmes de Morley. Celui-ci sanglotait encore, la tête cachée entre ses bras. J'avais beau détester ce Morley, je ne pouvais pas m'empêcher d'être ému.

— Bienvenue chez moi, a-t-il murmuré sans relever la tête. Je voudrais vous dire...

Mais il n'a pas pu compléter sa phrase, interrompue par des sanglots.

— Calme-toi, Morley, calme-toi, a dit Karine en lui flattant la tête, comme s'il s'agissait d'un chat. Tu parleras quand tu le pourras... Mais, en attendant, pourquoi est-ce que tu ne modifierais pas le décor? Il me semble que nous serions plus à l'aise...

Karine n'avait même pas fini sa phrase que nous étions dans une cuisine ultramoderne, avec des planchers étincelants, en céramique blanche, et des armoires aux portes recouvertes d'acier inoxydable.

— Je n'aime pas tellement ce style, a dit Karine tout en continuant à flatter le crâne chauve de Morley. Tu ne pourrais pas trouver mieux? Quelque chose de plus chaleureux...

Comme par magie – et c'était véritablement de la magie! – le décor s'est aussitôt transformé de fond en comble : nous étions maintenant dans une vieille cuisine canadienne, autour d'une

grande table en chêne, et nous entendions un feu de bois crépiter dans le foyer.

— Cela me plaît, a dit Karine. Dommage que tu ne puisses rien faire pour les odeurs...

— Je vais essayer, a répondu Morley, qui avait relevé la tête. J'oublie toujours les odeurs...

Il a suffi de quelques secondes pour que la cuisine se remplisse des plus doux parfums de lavande et de cannelle, de bois de cèdre et de miel.

— Illusions, a dit Morley, ce ne sont que des illusions qui disparaîtront bientôt. C'est vous, au fond, qui imaginez tout cela. Le seul pouvoir que j'ai, c'est de libérer votre imagination.

— Mais ce sont de très belles illusions, Morley, a répondu Karine. Et c'est un grand pouvoir que celui de libérer l'imagination. Tu es le meilleur magicien que j'aie jamais vu.

— Tu le penses vraiment? a demandé Morley.

Comme il n'avait d'yeux que pour Karine, j'ai pu l'observer à ma guise. Il n'y avait pas que son crâne qui était cabossé. Le reste de son visage l'était tout autant, au point qu'on aurait juré qu'il venait de se faire attaquer par un essaim d'abeilles. Son teint était gris, et si Morley n'avait ni barbe ni moustache, il avait en revanche des sourcils énormes et des touffes de poils qui lui sortaient des oreilles et des narines. Mais ce qui attirait surtout l'attention, c'était ses yeux. De grands yeux rougis d'avoir trop pleuré, et parcourus de centaines de veinules qui dessinaient des toiles d'araignées. C'était le visage le plus disgracieux, le plus repoussant que j'aie jamais vu. Mais il me fallait bien admettre qu'il y avait en même temps chez cet homme un je-ne-sais-quoi d'attachant, comme disait Agathe.

— Je peux aussi changer mon visage, si vous le voulez... Fred apprécierait sans doute que je redevienne mademoiselle Lorrimer, ou du moins celle qu'il imaginait.

— C'est inutile, a dit Karine. Reste celui que tu es.

Nous étions tous là à regarder Morley sans rien dire, sans trop comprendre ce qui arrivait, sans trop savoir comment réagir, quand il a commencé son étrange discours.

Il parlait tout doucement, sans nous regarder, les yeux fixés sur un mur nu, en face de lui. On aurait dit qu'il ne s'adressait à personne en particulier, ou alors à un fantôme que lui seul pouvait apercevoir. Il parlait à voix basse, très basse, si basse que nous devions nous rapprocher pour mieux l'entendre. Et ce que nous avons entendu ce jour-là s'est gravé à jamais dans mon esprit :

— Je suis Morley, mais je peux aussi être tout ce que vous voudrez. Je peux redevenir madame Lorrimer, ou alors sa fille, et je peux être la jeune astrologue dont vous rêvez : blonde ou rousse, grande ou petite, je suis ce que vous voulez, ou plutôt ce que je veux que vous désiriez pour arriver à mes fins. Et mes fins, c'est de gagner enfin le cœur de Karine, qui n'a jamais voulu de moi. J'espérais convaincre Klonk que Karine le trompait, j'espérais qu'il soit assez bête pour croire à l'astrologie, j'espérais que Karine m'aimerait enfin, j'espérais...

J'ai eu peur qu'il n'éclate en sanglots encore une fois, mais il a réussi à se contenir.

— Quand je n'obtiens pas ce que je veux, a-t-il repris, je me transforme en une armée d'insectes ou de mille-pattes phosphorescents, en scorpion géant ou en troupeau d'yeux sauvages.

Je suis Morley, mais je suis aussi le loup et le revenant, je suis les gargouilles et les fantômes, je suis le spectre qui hante vos nuits et le meurtrier qui rôde dans les rues de la ville, je suis tout ce qui est noir et dangereux, je suis le sang et les larmes, je suis les cris et les douleurs, je suis un inextricable mélange de tout ce qui vous fait peur... Mais si vous saviez comme je suis fatigué, immensément, incommensurablement fatigué d'être Morley! Si vous saviez comme c'est fatigant, la haine!

Il s'est remis à pleurer, et nous restions là à le regarder, sans savoir que dire.

— Tu vas trouver l'amour, toi aussi, a dit Karine. Tu vas le trouver au moment où tu l'attendras le moins, comme tout le monde...

— Tu es gentille de me dire ça, mais je n'y crois pas. Je n'y crois plus... Regarde-moi, regarde comme je suis laid... Qui donc voudrait de moi ?

Il s'est alors levé, puis il s'est dirigé vers la porte.

— J'ai besoin d'être seul, nous a-t-il dit au moment de sortir. Je vais aller marcher un peu...

— Profites-en pour changer le décor, a dit Karine. C'est déprimant, ce terrain vague.

— Tu as raison, Karine. Tu as toujours raison, ô mon amour !

Et nous avons vu les carcasses d'automobiles, les vieux pneus et les déchets se transformer aussitôt en buissons, en fleurs et en fougères. Morley, la tête basse et les mains derrière le dos, a emprunté un très joli sentier qui l'a mené jusqu'à un banc de bois, sous un grand saule pleureur. Deux tourterelles tristes se sont alors mises à roucouler, et j'ai eu le cœur serré : je n'avais jamais assisté à une scène aussi lugubre. Pauvre Morley !

CHAPITRE
DIX

— Quel diable d'homme que ce Morley! a dit Klonk, qui observait lui aussi ce triste spectacle par la fenêtre. Comment peut-il créer aussi facilement des illusions qui semblent aussi vraies? Et si tout cela est le produit de notre imagination, comme il le prétend, comment se fait-il que nous ayons tous les mêmes visions, que nous sentions les mêmes odeurs? Voilà qui dépasse l'entendement! Il faut que je vous fasse un aveu, mes amis : j'ai toujours admiré Morley. Quel génie! Quel cerveau! Au moins deux mille centimètres cubes!

— Peu importe la grosseur de son cerveau, a répliqué Agathe.

Ce que je pense, moi, c'est que ce Morley est un brave homme, au fond, et qu'il est malheureux. Qu'est-ce qu'on pourrait faire pour lui ?

— Il existe une solution à la fois merveilleusement simple et horriblement compliquée, a répondu Karine : il faut que Morley trouve l'amour. Ce n'est que lorsqu'il sera enfin heureux que ses pouvoirs serviront des causes utiles. Mais l'amour ne se déniche pas dans un catalogue, comme vous le savez !

Moi, je ne disais rien. Je regardais Morley assis sur son banc, parfaitement immobile, et je ne savais que penser de cet individu qui m'inspirait des sentiments aussi contradictoires. Je réfléchissais aussi à l'attitude de Klonk, qui m'apparaissait très étrange : il n'avait pas dit un mot lorsque Morley se trouvait devant lui, tout à l'heure, et il n'avait recouvré la parole que lorsque celui-ci était sorti de la maison. Plus étonnant encore, il avouait maintenant son admiration pour cet homme qui lui avait fait faire les pires cauchemars et qui était amoureux de son épouse. Décidément, Klonk n'a pas fini de me réserver des surprises.

— Le plus bizarre, dans cette histoire, a ajouté Karine, c'est que Morley est un grand séducteur, qui peut se transformer à sa guise en chanteur populaire, en vedette de cinéma ou en pilote de course. Mais les illusions ne durent pas, hélas, et quand les femmes voient son vrai visage...

— Que c'est triste! a répondu Agathe. Un homme si puissant, et en même temps si seul! Et qui ne pourra probablement jamais avoir d'enfants...

— Au fait, a dit Klonk en sursautant, comme s'il se réveillait au milieu d'un rêve, qui donc s'occupe des jumeaux tandis que nous sommes ici?

— Ma mère, a répondu Karine. Du moins jusqu'à six heures ce soir. Ensuite, elle a un rendez-vous important. Si nous ne sommes pas rentrés d'ici là, elle sera obligée de téléphoner à ma cousine...

— Ta cousine? s'est exclamé Klonk. Tu as une cousine, toi? Tu as une cousine, et je ne le savais pas?

— Je t'en ai parlé une fois ou deux, mais j'imagine que tu étais dans la lune, comme d'habitude... Elle s'appelle Christine, mais elle est mieux connue sous le nom de Crystale. Si je ne t'ai pas beaucoup parlé d'elle, c'est qu'elle est le mouton noir de la famille, ou plutôt le mouton rose...

— Le mouton rose? nous sommes-nous exclamés tous les trois en même temps.

— Je crois que j'ai une photo d'elle dans mon sac à main. Vous allez comprendre...

En effet, nous avons compris : la cousine de Karine était vêtue d'une incroyable robe rose, dont les manches bouffantes étaient garnies de dentelle rose. Son cou était entouré d'un interminable boa de plumes roses, et sa tête s'ornait d'un immense chapeau rose recouvert de fruits en plastique, évidemment roses : il y avait des raisins roses, des pommes roses et des bananes roses. Les lèvres de Crystale étaient enduites d'une épaisse couche d'un rose phosphorescent, et ses longs cheveux bouclés étaient roses comme de la barbe à papa.

— Comment peut-on avoir autant de mauvais goût ? s'est exclamée Agathe. C'est affreux !

— Je comprends maintenant que tu ne m'aies pas souvent parlé d'elle ! a dit Klonk en regardant la photo avec dégoût. Regardez-moi cet accoutrement !

C'est abominable! On dirait un caniche!

— Je peux voir? a demandé une voix derrière nous.

C'était Morley.

Nous avons failli tomber sans connaissance : Morley était là, derrière nous, tout en étant assis sur le banc de bois, en face de nous!

— Je voulais savoir ce que vous pensiez de moi, a-t-il simplement dit en guise d'explication. Le Morley qui est dehors n'est que pure illusion, il va disparaître d'un instant à l'autre... Je suis très touché par ce que tu as dit, Klonk. C'est un grand honneur que d'être admiré par un cerveau aussi puissant que le tien. Et je sais que Karine ne m'aimera peut-être jamais comme je l'aurais voulu, mais qu'elle m'aime bien, au fond... C'est déjà ça. Je peux voir cette photo? Oh! Quelle belle femme! Elle est magnifique! Tout simplement

magnifique! Une femme aussi belle doit être comédienne, j'imagine? Ou chanteuse? Ou peut-être se contente-t-elle d'être belle? J'imagine que tous les riches célibataires de la planète sont à ses pieds...

— Je ne pense pas qu'elle ait un fiancé, non, a répondu Karine.

— Et que fait-elle pour gagner sa vie?

— Elle est astrologue...

CHAPITRE
ONZE

L'église du Très-Saint-Nom-de-Jésus-Rédempteur, où a été célébré le mariage de Morley et de Crystale, était très banale, pour ne pas dire franchement laide. Du moins à l'extérieur. Mais sitôt qu'on y pénétrait, on avait le souffle coupé par les magnificences qu'elle abritait. Jamais, pas même dans les plus célèbres cathédrales d'Europe, je n'avais vu de vitraux aussi lumineux, de sculptures aussi remarquables, de peintures aussi admirables. Et jamais non plus je n'avais entendu plus beaux cantiques que ceux qu'a entonnés le chœur de deux cents chanteurs, accompagné par un orchestre symphonique.

— Il est vrai que Morley peut créer de bien belles illusions quand il est heureux, ai-je chuchoté à Agathe, qui se tenait à mes côtés, et qui ne pouvait pas me répondre tellement elle était émue.

Il n'avait pas oublié les odeurs, cette fois-là. Non seulement avait-il choisi les encens les plus rares, mais l'église était décorée de plus de fleurs que la forêt d'Amazonie tout entière n'en peut contenir.

Morley était très élégant dans son smoking blanc. J'irais même jusqu'à dire qu'il était presque beau. Klonk, qui servait de témoin à Morley et qui était vêtu lui aussi d'un smoking blanc, avait l'air mal à l'aise. Mon ami n'a jamais aimé ce genre de cérémonie.

Karine, qui était le témoin de Crystale, était magnifique dans sa longue robe blanche, dont le corsage s'agrémentait d'un bouquet d'orchidées rares offert par Morley.

Et Crystale... Eh bien elle ressemblait à Crystale : imaginez une tornade de voiles, de guipures, de froufrous, de plumes et de paillettes représentant toutes les teintes imaginables de roses. Elle portait aussi de longs gants ajourés, roses eux aussi, qui laissaient voir ses interminables ongles roses. Lorsqu'elle a soulevé son voile rose pour embrasser Morley, on a pu voir que même ses faux cils étaient roses.

— Dommage que les pouvoirs de Morley ne puissent pas la transformer, elle aussi... Quelle horreur! ai-je chuchoté à Agathe, qui m'a donné un coup de coude dans les côtes pour me faire taire : j'ai toujours tendance à être dissipé, dans les églises.

Le banquet qui a suivi était tout aussi mémorable : sur une

table immense se trouvaient rassemblées toutes les victuailles qu'on pouvait imaginer. Il y avait du homard, du saumon fumé et du caviar, bien entendu, mais aussi tous les mets dont rêvait secrètement chacun des convives. Mon fils Félix a bien failli tomber à la renverse lorsqu'il a aperçu l'énorme pièce montée composée exclusivement de pizzas pochettes. Ma fille Évelyne, qui était venue directement de Vancouver grâce aux bons offices de Morley, s'est goinfrée toute la soirée de langoustines à l'ail et de chocolat belge. Agathe, pour sa part, a toujours été friande de réglisse : il y en avait de toutes les formes et de toutes les couleurs, provenant des cinq continents. Klonk pouvait se délecter des meilleurs saucissons hongrois et engouffrer des tonnes de biscuits feuille d'érable. Quant à moi, je pouvais me délecter du meilleur brocoli que j'aie jamais mangé (est-ce que je vous ai déjà dit que j'adore le brocoli?). Morley avait même pensé à Trépied, le chat à trois pattes de Klonk, qui s'est vu servir du poisson frais aromatisé à l'herbe aux chats. Il s'en est léché le museau pendant trois jours.

Nous avons ensuite assisté à un spectacle ahurissant, mettant en vedette des musiciens et des jongleurs, des avaleurs de sabres et des cracheurs de feu, des fakirs et des ventriloques, des contorsionnistes et des dompteurs de monstres imaginaires, de même que les magiciens les plus habiles qui se puissent imaginer. (Je soupçonne Morley de s'être dédoublé pour assurer cette partie du spectacle.)

Cette soirée mémorable s'est terminée par un feu d'artifice tellement beau que je suis à court de qualificatifs pour le décrire: imaginez des milliers de fusées qui montent ensemble dans la nuit, et qui éclatent toutes en même temps pour dessiner les douze signes du zodiaque.

Quand j'ai baissé les yeux, j'ai regardé Morley, qui s'apprêtait à monter dans sa limousine avec sa dulcinée. Il s'était débarrassé de son smoking blanc pour revêtir une tenue plus confortable pour son voyage de noces, et Crystale en avait fait autant : elle portait une robe en vinyle rose, toute simple. Enfin, presque...

Et là, sous mes yeux, ou plutôt sous les yeux de Morley, qui regardait tendrement sa bien-aimée, j'ai vu Crystale se transformer en une femme encore plus belle que mademoiselle Lorrimer.

— Je crois que nous venons de voir la plus belle illusion de Morley, ai-je dit à Agathe.

— Ce n'est pas une illusion, a-t-elle répondu en essuyant une larme qui coulait sur sa joue. C'est l'amour qui fait ça.

Je me suis tourné vers ma douce moitié, et j'ai aussitôt compris ce qu'elle voulait dire.

— Que disaient nos horoscopes, déjà, pour ce soir?

— Je ne les ai pas lus, a répondu Agathe, mais je suis certaine qu'ils devaient parler de la Lune et de Vénus, et d'une soirée propice à l'amour... Est-ce que tu les a lus, toi?

— Bien sûr! Le mien disait que je passerais une merveilleuse journée avec ma bien-aimée, que je rentrerais ensuite à la maison, où je pourrais enfin me rapprocher d'elle, et que je ferais alors preuve de beaucoup d'imagination...

— C'est vrai, ça?

— Évidemment que c'est vrai! Est-ce que je t'ai dit que j'avais trouvé une méthode infaillible pour que les horoscopes soient vraiment utiles?

— Tu ne m'en as pas parlé, non. Et quelle est cette méthode?

— Il suffit d'écrire soi-même ses horoscopes. Désormais, ce sont les seuls que je lirai.

Agathe a alors pris ma main, et j'ai su que, ce soir-là, nos horoscopes se réaliseraient.

MEMBRE DU GROUPE SCABRINI

Québec, Canada
2006